AF472726

BIBLIOTHÈQUE DE LA JEUNESSE CHRÉTIENNE

SÉRIE PETIT IN-12

ADELINE, par M.-A. de T***.
AMIES DE PENSION (les), par M. Louis de Tesson.
AUBERGE DU CHEVAL-BLANC (l'), ou l'Enfant volé, par J. Girard.
BEAUX TRAITS DE L'ADOLESCENCE, ou Choix d'exemples.
BÉNÉDICTION PATERNELLE (la), par M. Louis de Tesson.
BERGER D'ARTHONAY (le), par Étienne Gervais.
BOUQUETIÈRE ET L'OISELEUR (la), par Mme Elisa Frank.
CE QUE PEUT UN ENFANT CHRÉTIEN, par un aumônier de patronage.
CÉLESTINE, ou la Jalousie d'une sœur, par Mme M.-A. de T.
CONTES ET MORALITÉS à l'usage des enfants, par M. L. de T.
DEUX ZOUAVES (les), par Frédéric Kœnig.
DICK MORTON, etc., par Mme Elisa Frank.
EUGÉNIE, ou la Petite Étourdie.
FAMILLE HOBBY (la), histoire villageoise, par Mme A. Cecyl.
FÊTE DE SAINTE-AMÉLIE (la), suivi de : le Gâteau des rois, etc., par Frédéric Kœnig.
FOIRE AUX PAINS D'ÉPICES (la).
HEUREUSE FAMILLE (l'), Récit d'un voyageur, suivi de : la Harpe et l'Anneau de Merlin, par Mme Elisa Frank.
JAMES ET BETZY, suivi de : la Pêche à marée basse, l'Enfant des mécaniques, etc., par Mme Elisa Frank.
LION DE BEURRE DE CANOVA (le), par Frédéric Kœnig.
LOUIS COSTAL, ou l'Épicier de la rue Vanneau, par F. Kœnig.
LOUIS ET PAUL, par M. l'abbé Veyrenc.
MARGUERITE, ou la Jeune Aveugle, par Stéphanie Ory.
MARTHE LA GLANEUSE.
MÉLANIE ET JEANNE, ou le Nécessaire et le Superflu dans l'éducation, par M.-A. de T.
MÉMOIRES D'UNE PETITE FILLE devenue grande, par Mme Eugénie Foa.
NIÈCE DE L'ÉMIGRÉ (la), par Mme Marie-Ange de T***.
ORPHELIN DU CHOLÉRA (l').
PAUVRE DE SAINT-MARTIN (le), par Mme Jenny Lefebure.
PETIT AVARE (le), par M. L. de Tesson.
PREMIER ARGENT (le), par M. Louis de Tesson.
PROMENADE AU BOIS DE VINCENNES (une), par F. Kœnig.
PROMENADE AU LUXEMBOURG (une), par M.-A. de T***.
RÉCITS FAMILIERS, par Mme C. Des Prez de la Ville Tual.
ROSE DE NOËL (la), par M. de T.
SAINT-NICOLAS (la).
TRANSTÉVÉRINE (la), suivi de : une Famille française dans l'intérieur de l'Afrique, une Journée qui commence mal, par Mme Elisa Frank.
UN ASTROLOGUE DE RENCONTRE, suivi de : un Drame chez les Souris, la princesse Violette, etc., par Mme Elisabeth Doré.
UN TABLEAU DE LA SAINTE VIERGE, par Just Girard.
YAKOUB LE MENDIANT, suivi de : Si j'étais roi, le Miroir.
ZOÉ, ou la Méchanceté punie.

BIBLIOTHÈQUE DE LA JEUNESSE CHRÉTIENNE
SÉRIE PETIT IN-12

MÉMOIRES D'UNE PETITE FILLE DEVENUE GRANDE

PAR

Mme EUGÉNIE FOA

TOURS
ALFRED MAME ET FILS
ÉDITEURS

BIBLIOTHÈQUE

DE LA

JEUNESSE CHRÉTIENNE

APPROUVÉE

PAR Mgr L'ARCHEVÊQUE DE TOURS

SÉRIE PETIT IN-12

Mémoires d'une petite fille. 1

« J'ai donc une mère, moi aussi !... »

MÉMOIRES

D'UNE

PETITE FILLE

DEVENUE GRANDE

PAR

Mme EUGÉNIE FOA

TOURS

ALFRED MAME ET FILS, ÉDITEURS

1877

MÉMOIRES
D'UNE
PETITE FILLE
DEVENUE GRANDE

I

Grave occupation d'une grande demoiselle de neuf ans.

« Sara..., Sara..., ouvre... Eh quoi ! tu es enfermée aux verrous ! » criait une jeune fille de onze ans, fluette et blonde, en heurtant violemment à une petite porte dérobée qui donnait dans un beau salon.

« Impossible de me déranger, Valentine, je suis très-occupée, répondit une voix d'enfant dont l'étonnante gravité contrastait avec son timbre enfantin.

— Très-occupée ! reprit d'une façon railleuse la jeune Valentine, très-occupée ! A t'entendre, ne semblerait-il pas que toutes les affaires de la maison roulent sur toi, et Dieu sait qu'une maison comme la nôtre ne manque pas d'occupations. Quand on est, comme ma tante, fleuriste brevetée de toutes les cours de l'Europe, sans compter la cour de France, qui n'est pas celle qui consomme le moins de fleurs, certes on a des affaires, et c'est pour cela que je prends la liberté grande, mademoiselle l'affairée, de vous prier de vouloir bien laisser un moment de côté les petits bonshommes que vous faites sans doute, en ce moment, sur votre papier, et auxquels vous donnez le nom pompeux de *portraits de famille*, pour me suivre à l'atelier, où votre ouvrage vous attend... Eh bien ! tu ne bouges pas, Sara ; ouvre donc.

— Je te prie, à mon tour, Valentine, de me laisser tranquille, reprit Sara d'un ton toujours doux et sérieux.

— Mais que fais-tu donc ?

— A quoi bon te le dire? tu ne comprendrais pas.

— Oh! joli! joli! répliqua Valentine en riant comme une folle; je ne la comprendrais pas! Ne dirait-on pas, à l'entendre, que c'est elle qui a onze ans, et moi neuf?

— L'âge n'y fait rien, Mademoiselle, répondit Sara si vivement que Valentine s'aperçut qu'elle était réellement piquée au vif. L'âge! qu'importe l'âge? Quand on doit être raisonnable, on l'est tout aussi bien à neuf ans qu'à onze.

— Quand on doit être..., ah! oui, reprit ironiquement Valentine.

— Assez!... interrompit Sara d'une voix émue; et maintenant dis ce que tu voudras, je ne te répondrai plus.

— Ah! c'est sur ce ton-là que tu le

prends, répliqua sérieusement Valentine ; eh bien, je te dirai donc que ce n'est pas de mon chef que je viens te déranger de tes graves occupations, mais de la part de ma tante, qui m'envoie te demander ce que tu fais.

— C'est tout différent, et puisque c'est de la part de ta tante, répondit Sara, dis-lui que j'écris mes *mémoires.* »

Ce mot était à peine lâché, qu'un grand éclat de rire lui succéda. Aussitôt la petite porte dérobée s'ouvrit, et une jeune fille dont la taille petite, mais bien prise, accusait plutôt sept ans que neuf, parut sur le seuil ; son visage était coloré par l'indignation (c'était Sara).

« Quand je te disais que tu ne me comprendrais pas, Valentine, poursuivit cette jeune fille avec une froide dignité.

— Tes mémoires ! répétait Valentine en se pâmant de rire, tes mémoires ! les mémoires de Mlle Sara !... »

Et Valentine s'arrêta, comme si elle cherchait un nom.

Cette réticence fit monter la rougeur au front de Sara, en même temps qu'une larme mouillait son bel œil noir.

« Hélas! tu as raison de te moquer de mes grands airs, Valentine; il me sied bien de faire la fière, moi, pauvre enfant trouvée qui n'ai pas même comme toi, et comme tous les enfants, le nom d'un père à joindre à mon nom, moi qui n'ai pas de mère, qui fus élevée chez ta tante, par charité...

— Oh! ne dis jamais ce vilain mot-là, reprit Valentine redevenue sérieuse, en entourant de ses bras caressants la taille de Sara, et l'embrassant avec effusion; ne dis jamais ce vilain mot, ma tante l'a défendu; tu es ma sœur, comme Aurélie est ma sœur, ma bonne petite sœur, que j'aime bien, que j'aime de tout mon cœur... Pauvre Sara!... va finir tes *mémoires*, va. »

Et ici il faut que je vous avoue, mes chères petites lectrices, par égard pour mon rôle d'historien véridique (car les historiens ne mentent jamais, comme vous saurez plus tard), il faut donc que je vous avoue que Valentine, en prononçant ce mot de *mémoires*, ne put s'empêcher de sourire encore un peu ironiquement; mais Sara était beaucoup trop distraite par sa douleur pour avoir remarqué ce petit sourire.

« Non, répondit-elle tristement en remettant ses papiers en ordre et prenant ses outils de travail, non, Valentine; mes *mémoires* se feront à mes heures de loisir; allons travailler. »

Et les deux jeunes filles se dirigèrent vers un vaste et brillant atelier où se trouvait alors Mlle Mercade (la tante de Valentine), au milieu d'une vingtaine d'ouvrières. Les fleurs qui sortaient du magnifique établissement de cette demoiselle étaient renommées pour le fini, la grâce, la souplesse, le coloris, surtout pour leur parfaite imitation de la nature.

En traversant le jardin pour se rendre à l'atelier, car Mlle Mercade habitait, pour ainsi dire, la campagne, tant les maisons situées derrière le Luxembourg ont un aspect champêtre, Sara fut saluée par les aboiements joyeux et les caresses un peu cavalières d'un gros chien de Terre-Neuve, qui, sans égard pour la délicate complexion de la jeune enfant, vint sans façon poser ses deux pattes énormes sur ses épaules.

« A bas, Trial, dit Sara en riant et se retenant à sa compagne pour ne pas tomber. A bas... ; c'est bon, mon vieil ami, c'est bon ; oui, tu es content de me voir, et moi aussi je suis aise de ta joie, mon vieux Trial ; mais c'est assez, allez vous coucher : il faut que j'aille travailler pour vous et pour moi, pour vous, vilain paresseux qui n'êtes bon à rien.

— Comment! bon à rien! et qui donc garde la maison la nuit? interrompit Valentine; as-tu, par hasard, oublié, Sara, que sans lui, l'année dernière, nous étions volées, ruinées, assassinées peut-être; que, sans lui aussi, ma petite sœur Aurélie aurait été mangée par un loup? N'est-ce pas même à ce sujet que M. le curé, tu sais, M. l'abbé Olivier, dit à ma tante : « Vous le voyez, Mademoiselle, une bonne action porte toujours avec elle tôt ou tard sa récompense.

— Et cette bonne action, reprit Sara en serrant la main de Valentine, c'est de nous avoir recueillis, moi et mon chien...

— Et moi donc, et ma sœur Aurélie, est-ce que nous n'avons pas aussi été recueillies par elle? dit Valentine.

— Oh! c'était bien différent, répondit Sara: toi et Aurélie, vous étiez les enfants de sa sœur; tandis que moi... qu'étais-je? une étrangère, une inconnue, une enfant trouvée?... »

Valentine reprit, comme emportée par ses souvenirs : « Mon Dieu ! j'étais bien petite, j'avais quatre ans, il y en a sept de cela ; ma pauvre mère se mourait du chagrin d'avoir perdu mon père, mort en Afrique ; elle ne cessait d'embrasser la pauvre Aurélie qui venait de naître, et moi qui ne comprenais rien alors à sa douleur, et elle disait : « Mes enfants ! mes enfants ! qui donc prendra maintenant soin de vous ? qui vous servira de mère ? — Moi ! s'écria ma tante Henriette en entrant tout à coup dans sa chambre ; moi, ma sœur ! — Toi ! reprit ma mère ; hélas ! tu te marieras un jour, tu auras des enfants, et tu n'aimeras plus les miens. — Je ne me marierai jamais, répondit ma tante, et tes enfants seront toujours mes enfants. »

— C'est donc pour cela que, quoique belle et toute jeune, ma chère bienfaitrice n'est pas encore mariée ? balbutia Sara.

— Précisément, dit Valentine. Aussi moi je l'aime ! je l'aime !

— Oh! non, ajouta Sara en levant vers le ciel ses grands yeux bleus ornés de longs cils bruns, ton « moi je l'aime » n'exprime pas encore assez tout ce que je sens pour elle... Mais assez babiller, allons travailler... »

Les deux jeunes filles se trouvaient, en ce moment, à la porte de l'atelier; elles furent reçues par un *allons donc, petites filles,* prononcé avec un accent de doux reproche par une jeune femme : c'était Mlle Mercade; ce qui ne l'empêcha pas d'embrasser les deux enfants au front en les conduisant à leur place.

« Mesdemoiselles, dit-elle un instant après, d'un air assez solennel, en s'adressant à toutes ses ouvrières, la commande dont vous vous occupez est pour moi beaucoup plus importante que vous ne l'imaginez; elle est destinée à lady Mott. Cette lady est l'amie intime de la reine d'Angleterre; or si lady Mott est satisfaite, elle peut me procurer la clientèle de la reine Victoria. J'ai, vous le savez, la fourniture de toutes les cours de l'Europe; il ne me manque que celle de la cour d'Angleterre, et mon plus grand désir serait de l'obtenir. Il n'est pas défendu d'être ambitieux, surtout avec les charges d'un grand établissement à soutenir, une bonne mère en province à laquelle il faut assurer une honorable existence, enfin quand on est mère de trois enfants qu'il faut élever, entretenir, et qu'on devra bien marier un jour. Ainsi donc, Mesdemoiselles, travaillez de votre mieux, je vous en prie. Ce n'est pas tout de se faire une réputation dans les arts, le plus difficile est de la conserver. »

Cela dit, le silence se rétablit dans l'atelier, et pendant un assez long temps il ne fut interrompu que par le bruit des petits outils qui coupaient la batiste ou la soie, et par le frôlement du pinceau sur l'étoffe; mais, une visite ayant appelé Mlle Mercade hors de l'atelier, une espèce de cliquetis de paroles suivit immédiatement son départ; et les noms de Clarisse, d'Adeline, d'Emma, de Victoire, d'Eugénie, de Nancy, de Laure, d'Élisa, de Léonie, volèrent soudain presque à la fois de bouche en bouche : c'étaient des échanges de questions, de paroles, d'interpellations à n'en plus finir; on se dédommageait très-visiblement du silence imposé par la présence de la maîtresse. Soudain, soit par hasard, soit avec une maligne intention, l'une des jeunes filles remarqua tout haut le silence que gardait Sara.

« Quel silence! dit l'une.

— Quel sérieux! dit l'autre.

— Ah! cette petite Sara est si réservée, si réservée! reprit une troisième.

— Bast, si sournoise, peut-être! ajouta une quatrième.

— Non, c'est pour se faire remarquer, répliqua une cinquième.

— Rien de tout cela, Mesdemoiselles, dit alors étourdiment Valentine; — ce début excita vivement la curiosité de l'auditoire : — Sara est une jeune fille qui va être incessamment placée au rang de nos plus célèbres *bas-bleus;* elle en prend déjà la tenue superbe.

— *Bas-bleu!* Eh! qu'est-ce que c'est qu'un *bas-bleu?* » demanda Clarisse, pendant que Sara, avec l'accent du reproche, se contentait de murmurer : « Ah! Valentine! »

Mais notre petite espiègle, sans prendre garde au chagrin qu'elle causait à sa jeune compagne, ajouta :

« Le *bas-bleu,* Mesdemoiselles, je l'ai entendu dire à ma tante, c'est un sobriquet fort drôle qui nous vient d'Angleterre, et qu'on donne pareillement, en France, aux femmes qui s'occupent de littérature...

— Vraiment! eh bien, est-ce que par hasard Sara?... s'écrièrent tout d'une voix plusieurs des jeunes filles.

— Précisément, interrompit Valentine, Sara est auteur!... »

Un éclat de rire si général et si bruyant accueillit cette nouvelle, que Mlle Mercade, qui traversait alors la partie du jardin sur laquelle donnaient les fenêtres de l'atelier, accourut précipitamment :

« Eh! mon Dieu! quel bruit, Mesdemoiselles! qu'y a-t-il donc? demanda-t-elle en entrant.

— Oh! rien, rien, ma tante, répondit Valentine; — et déjà chacun s'était remis en toute hâte et silencieusement à son ouvrage : — voici ce qui excitait la gaieté de ces demoiselles, c'est qu'elles viennent d'apprendre qu'il y avait une femme auteur dans votre atelier. »

Mlle Mercade ne put s'empêcher de sourire. « Eh! qui donc? » demanda-t-elle avec un air de bonhomie mêlé d'incrédulité.

Alors tous les regards se tournèrent vers Sara. La pauvre petite se prit en même temps à rougir; le doute n'était plus possible; aussi Mlle Mercade reprit-elle.

« Eh quoi! serait-ce Sara? »

Un oui affirmatif retentit de toutes parts.

« Oh! Mademoiselle, ne le croyez pas, interrompit Sara, levant, confuse, son visage sur lequel glissait une larme, — ne le croyez pas.

— Il n'y a pas là de quoi tant rougir, chère petite, dit Henriette Mercade avec bonté; seulement je serais curieuse de savoir ce qui t'a valu ce beau titre.

— Mais, ma tante, se hâta de répondre Valentine, Sara l'a bien mérité : elle écrit ses *mémoires*.

— Ses *mémoires!* » Et ce fut au tour de Mlle Mercade à partir d'un éclat de rire ; cependant, comme elle vit s'accroître la confusion de la pauvre enfant, elle reprit son sérieux pour dire : « Serait-ce donc vrai, Sara ?

— Oui, bonne amie, balbutia timidement Sara.

— Tu écris tes *mémoires !* répliqua alors Henriette avec le ton du doute.

— Hélas ! oui. » Et, cette fois, Sara leva la tête avec résignation. Son doux et naïf regard avait même l'air de demander à sa mère adoptive : « Qu'y a-t-il donc d'étonnant à cela ? »

« Et c'est pour cette grave occupation, reprit Valentine, que Sara ne paraît que la dernière à l'atelier, qu'elle en sort toujours la première. Ah ! décidément elle est née femme auteur, et non fleuriste. »

Sara baissa la tête sous le poids de cette accusation méritée ; Mlle Mercade dit alors avec une gravité froide :

« Je suis loin de blâmer d'innocentes

distractions : elles sont permises ; mais ce que je blâme, c'est qu'elles usurpent la place d'un temps utile et précieux ; et, ma chère Sara, tes *mémoires* ne sont pas si pressés, je pense ?...

— C'est que précisément ils le sont, bonne amie, reprit la petite fille d'un ton très-affirmatif et avec un aplomb singulier.

— Ah ! ah ! le libraire attend donc après cette œuvre qui devra faire sa fortune ?

— Ou bien la postérité, » ajouta Valentine avec ironie.

Cette mademoiselle Valentine, comme vous le voyez, mes chères petites lectrices, avait toujours la raillerie à la bouche ; vous l'avez déjà surprise, nombre de fois, plaisantant, tourmentant Sara. Elle s'en faisait en apparence un jeu cruel, et cependant Valentine avait bon cœur. C'est que l'envie de parler et de faire de l'esprit à tout propos gâte le plus beau naturel.

« Ni l'éditeur ni la postérité n'attendent mes *mémoires*, bonne amie, reprit Sara en jetant sur Valentine un regard où se peignait le reproche ; mais c'est Françoise.

— Françoise ! Oh ! oh ! ceci demande explication, répondit Mlle Mercade, à qui l'air sérieux de Sara donnait à réfléchir.

— Je vais vous la donner, si vous le permettez, ma chère bienfaitrice, reprit solennellement Sara, et vous verrez que ce n'est pour devenir ni bas-bleu ni femme auteur, comme le prétend si charitablement Valentine, que je veux écrire mes *mémoires*, mais dans l'unique idée de secourir Françoise...

— Je t'avoue franchement, Sara, interrompit Mlle Mercade en réprimant un sourire, que je ne comprends pas trop quel bien tes *mémoires* peuvent faire à Françoise... La distraire? soit... L'endormir? c'est possible encore...; mais la secourir..., cela me semble un peu fabuleux.

— Je vais m'expliquer mieux : vous savez que souvent, le soir, vous nous permettez, pour nous récréer pendant que nous travaillons, la lecture à haute voix d'un conte pris, je crois, dans le *Dimanche des enfants*. — Il y a quelque temps donc, Élisa nous lut une histoire de Mme Cottin, qui me fit bien pleurer, et qui empêcha le pauvre Trial d'être vendu !

— Trial vendu ! » s'écria-t-on de tous côtés, car Trial était le favori de toute la maison.

A cette exclamation, qui fit froncer le sourcil à Mlle Mercade, Sara reprit vivement :

« Ah ! vous vous le rappelez, bonne amie, je vous en avais demandé la permission.

— Très-légèrement, mon enfant ; et j'avais pris ta demande pour un badinage, une plaisanterie, répliqua Mme Mercade.

— Comment! un badinage! une plaisanterie! vendre mon vieil ami! se récria Sara. Oh! c'était bien vrai, et j'ai bien pleuré après avoir eu cette idée.

— Mais laissons cela, chère petite; reviens à ton histoire, et dépêche-toi. »

Sara reprit : « J'aime Françoise de tout mon cœur; Françoise m'a élevée...; j'allais donc voir Françoise; elle pleurait. « Qu'as-tu à pleurer? lui demandai-je. — J'ai à pleurer, me répondit-elle, que la seule amie que j'aie entre aux *Petits Ménages*, et que je ne puis y entrer aussi, moi; et je vais être seule au monde sur la fin de mes jours. — Qu'est-ce que c'est que les *Petits Ménages?* lui dis-je alors, et puisque ton amie y est reçue, pourquoi ne peux-tu pas y entrer de même? » Alors Françoise m'apprit que, pour être admis dans cette maison, il fallait pouvoir payer une somme d'argent ; ah ! c'est qu'aux *Petits Ménages* on est fort bien, très-bien, Françoise me l'a dit ; on vit en société et jamais seul ; puis on est bien nourri, bien vêtu, bien chauffé, et tout ça pour la petite somme qu'on donne en entrant... Et voilà ce qui faisait pleurer Françoise.

— Quoi ! d'être bien nourri, bien vêtu, bien chauffé ? interrompit Mlle Mercade avec douceur.

— Non, au contraire ; mais c'était de ne pouvoir entrer dans cette maison. Aussitôt je me dis : Bonne amie me donne de l'argent tous les dimanches, quand je suis sage ; j'ai déjà en réserve une somme assez forte ; eh bien, je la donnerai à Françoise pour entrer aux *Petits Ménages*. Mais ne voilà-t-il pas que, lorsque j'offre, en bondissant de joie, mes trente-trois francs à la pauvre Françoise, elle me dit que ça ne suffit pas. Ah ! mon Dieu, m'écriai-je, il en coûte donc bien cher pour entrer là ?... Si c'est le double, parle ; je sais que Valentine possède autant d'argent que moi, je le lui demanderai, et bien certainement elle se fera un vrai plaisir de me le donner.

— Ça, c'est bien ! fit Valentine allant chercher la main de Sara pour la serrer ; c'est très-bien.

— J'étais bien sûre de toi, dit Sara, mais ça ne faisait pas encore le compte : il fallait..., attendez donc..., il fallait tout juste la somme qu'offrait de Trial le fils de ce vieil Anglais qui achetait l'autre jour ici des fleurs pour ses filles. Ah ! j'aime bien Trial, certes, j'aime bien Trial, et je suis sûre que la pauvre bête aurait eu non moins de chagrin que moi de notre séparation ; mais Françoise, Françoise qui m'avait élevée, toute petite ; qui m'avait tant soignée, quand j'eus cette maudite rougeole où je pensai mourir, Françoise n'était pas à comparer à un chien. Tout Trial qu'il était, je me décidai donc à le vendre; mais je remis au lendemain à faire savoir à l'Anglais le parti que j'avais pris, et je fis bien, oh! oui, je fis bien; car, le soir même, Élisa nous lut l'histoire du premier livre de Mme Cottin... et cela me donna une idée. Si je faisais un livre? me dis-je...; mais quel livre?... Eh bien! un livre quelconque, je ne sais...; et, toute la nuit, je pensai à mon livre... Une seule chose m'embarrassait cependant, et ce n'était pas une petite chose; je ne savais comment on faisait un livre... Ah! alors, le bon Dieu me tira d'embarras; le bon Dieu est si bon! Il permit qu'il vînt un jour ici ce grand M. Brun, qu'on m'a dit faire des livres; ce Monsieur aime les fleurs et les enfants; donc il se promenait dans le jardin, en regardant les fleurs, et il causait avec moi; cela m'enhardit; je lui demandai donc comment on faisait un livre. « C'est la chose la plus facile, me répondit-il : on prend du papier, une plume, de l'encre;

avec cette plume et cette encre, on barbouille du papier; puis on adresse ce griffonnage au libraire, qui l'envoie à l'imprimeur, et en fait un livre. » Je vis bien que le grand monsieur se moquait de moi; alors les larmes m'en vinrent aux yeux. « C'est bien mal, lui dis-je; je ne suis qu'une toute petite fille, et parce que vous êtes un homme grand et savant, vous vous moquez de moi; ah! c'est bien mal. — Mais aussi, pourquoi toutes ces questions qui ne sont pas de ton âge? me répondit-il. — Il fallait le demander, Monsieur, et je vous l'aurais dit. — Eh bien! voyons, apprends-le-moi, ma petite, » répliqua-t-il en me prenant la main d'un air si bon, que cela me raccommoda tout à fait avec lui. Alors je lui racontai pourquoi je voulais écrire; et dès ce moment le grand M. Brun ne rit plus, bien au contraire, il devint sérieux comme lorsqu'on est avec une grande dame; puis enfin il me dit: « On écrit une histoire qu'on invente, ou dont on se souvient. Par exemple, reprit-il, voyant bien à ma mine que je ne comprenais pas, les personnes qui ont de l'imagination font des romans, les autres des *mémoires*. — Qu'est-ce que c'est que des *mémoires?* demandai-je ; Mlle Mercade en fait toute la journée. » J'avais probablement dit quelque chose de risible, car il se prit d'abord à sourire, puis il me dit : « Oui, mon enfant, Mlle Mercade fait des mémoires, sans doute, mais elle ne fait pas ses *mémoires* : — ce qui est bien différent. Faire ses *mémoires*, c'est écrire tout ce qui nous est arrivé. — Ah ! s'il en est ainsi, j'aime mieux ça que d'inventer, lui dis-je ; va pour mes *mémoires*. — Va pour tes *mémoires*, répéta-t-il, et lorsqu'ils seront faits, apporte-les-moi, je me charge de te les vendre et de t'en donner l'argent, qui te servira alors à faire entrer ta vieille bonne aux *Petits Ménages ;* de cette manière, tu pourras avoir fait un mauvais livre, cela se peut, c'est même très-probable, mais à coup sûr tu auras fait une bonne action... » Et voilà, en deux mots, bonne amie, pourquoi, ne pouvant me décider à vendre ce pauvre Trial, j'ai pris le parti désespéré de faire mes *mémoires*.

— Et sont-ils finis, chère petite? demanda Mlle Mercade, en même temps qu'elle pressait Sara dans ses bras et l'embrassait à plusieurs reprises.

— Oui, bonne amie, et, si vous le permettez, je vous les lirai.

— Comment donc! mais j'allais vous demander cette faveur, mademoiselle l'auteur, dit la protectrice de Sara avec un ton charmant de badinage.

— Oh! les *Mémoires de Sara*, ce doit être drôle, s'écrièrent Nancy et Léonie.

— Pourquoi donc, Mesdemoiselles? » reprit celle-ci d'un air piqué. Puis elle ajouta avec un accent de sensibilité profonde : « Il ne m'est rien arrivé d'assez plaisant, à moi, pour que mes *mémoires* le soient...; ils seront vrais, voilà tout leur mérite...

— Oh ! ma chère tante, si tu voulais que Sara nous les lise tout de suite ? interrompit Valentine.

— Non, non, plus tard..., à la veillée, » répondit Mlle Mercade.

Il n'y avait rien à répliquer à cela ; chaque jeune fille, y compris même l'auteur des *mémoires*, attendit donc, avec grande impatience, l'heure de la veillée.

II

Commencement des Mémoires d'une petite fille devenue grande.

La lampe étant allumée et toutes les jeunes personnes de l'atelier une fois bien installées autour de la longue table à ouvrage, Mlle Mercade fit asseoir Sara près d'elle, sur une chaise assez haute pour que la gentille orpheline dominât toute l'assemblée, et elle lui intima l'ordre de commencer. Le verre d'eau sucrée de rigueur était placé non loin de l'orateur.

D'une voix d'abord un peu émue, mais

qui s'anima par degrés, Sara lut donc ce qui suit :

« Je ne sais où je suis née, je n'ai jamais connu mon père ni ma mère (ici une larme furtive brilla dans les yeux de Sara), je ne sais pas même leur nom ; or voici ce que Françoise m'a raconté touchant ma naissance :

Il y a de cela neuf ans, car j'ai, aujourd'hui 6 octobre 1840, dix ans accomplis, et vous voyez, mes chères demoiselles, que je suis une grande fille ; — il y a donc aujourd'hui neuf ans que le feu prit, pendant la nuit, au petit hameau de *Varennes*, composé de trois ou quatre chaumières adossées les unes aux autres, et tenant toutes au château, vieux bâtiment tombant en ruines. Les quelques habitants de ce hameau, surpris à l'improviste au milieu de leur sommeil, périrent malheureusement tous, à l'exception de plusieurs petits garçons et d'un idiot, qui furent recueillis par le maire de la ville voisine, accouru lui-même sur le lieu de l'incendie, avec la garde nationale de l'endroit, deux ou trois pompiers, et Mlle Mercade, sa parente, qui avait voulu absolument accompagner ce digne homme pour l'aider à porter secours au pauvre hameau.

Tandis que les pompiers étaient occupés à éteindre l'incendie, Mlle Mercade, suivie de Françoise, se rendait partout où le feu lui permettait de passer. Ici, c'est une grange qu'elle ouvrait pour en faire sortir de pauvres brebis : ce qui n'était pas chose facile ; là, c'est un cheval attaché au râtelier qu'elle rendait bien vite à la liberté ; plus loin, les portes d'une étable qu'elle faisait briser pour en sauver les vaches et les bœufs, qui, sans elle, allaient être brûlés sans miséricorde ; enfin elle allait, venait de tous côtés, disant à Françoise : « Oh ! mon Dieu, pourvu qu'il n'y ait ni enfant ni vieillard qui périssent ! »

Et il y avait malheureusement alors quelques vieillards et plusieurs enfants de brûlés, sans compter ceux qu'on n'avait pu trouver encore; car personne ne sut au juste le nombre des morts.

Soudain un grognement sourd et prolongé se fit entendre : c'était celui d'un chien; tantôt ce chien hurlait bien fort, tantôt il se plaignait doucement; parfois on eût dit qu'il se fâchait et allait tout mordre; l'instant d'après, il gémissait et avait l'air de demander grâce. Ah! cela faisait bien peine à entendre, m'a dit depuis Françoise; c'est qu'en effet cette pauvre bête appelait au secours dans son langage de chien. « Ceci cache un mystère; il faut nous diriger de ce côté, » dit Mlle Mercade. Et, guidée toujours par les gémissements du chien, elle arrive devant le château, près de la seule aile qui restât et qui brûlait, fallait voir.

En faisant le tour de cette aile pour parvenir à trouver une entrée quelconque, cette intrépide demoiselle passa devant une croisée basse; c'est de là que partaient les gémissements. Alors Françoise cassa une vitre, ouvrit la croisée; puis aussitôt Mlle Mercade sauta résolûment dans la chambre. — « Cela n'est que trop vrai..., pauvre enfant! » interrompit en ce moment la généreuse bienfaitrice de Sara, en essuyant les larmes que provoquait ce touchant récit. — Le premier objet qu'elle aperçut, reprit Sara, ce fut un petit lit; sur ce lit, un enfant d'un an endormi, et sur l'oreiller même de ce lit, à côté de la tête de l'enfant, la grosse tête d'un énorme chien.

L'enfant, c'était moi; le chien, Trial.

Puis Françoise m'a dit qu'elle ne savait comment cela s'était fait, mais qu'au moment où elle avait voulu sauter à son tour par la croisée dans la chambre, le plafond de cette chambre s'était enfoncé, et qu'alors sa maîtresse et elle, suffoquées soudain par la fumée, n'avaient repris connaissance que bien loin du lieu de l'incendie et longtemps après; en rouvrant les yeux, elles furent bien surprises toutes deux de voir un enfant déposé près d'elles; un gros chien semblait veiller sur lui et léchait ses petites mains.

Mlle Mercade retourna en toute hâte au hameau pour s'informer à qui pouvait appartenir cet enfant; il était d'abord trop bien mis pour être l'enfant d'une paysanne : car figurez-vous, Mesdemoiselles, que j'avais des bonnets garnis de la plus fine dentelle d'Angleterre, des langes magnifiques, et un hochet..., un hochet superbe; vous le connaissez toutes. Il y avait un seul nom gravé dessus : le nom de Sara que je porte. Mais impossible d'obtenir le moindre renseignement; le hameau était désert; et dans les décombres du château on ne trouva que plusieurs corps brûlés et tout à fait défigurés. Sans aucun doute, ce devaient être ceux de mes infortunés parents, ou sinon des personnes qui prenaient soin de mon enfance. Mlle Mercade apprit plus tard que ce château appartenait à un ancien duc et pair, vieux garçon, sans famille ; cette petite fille trouvée ne pouvait donc être la sienne. Mlle Mercade prit le parti de faire sa déclaration devant le maire du village le plus voisin de l'incendie ; quelques jours après elle m'emmenait avec Trial à Paris. C'est alors, comme elle n'était pas riche, qu'elle eut l'idée de créer une petite fabrique de fleurs ; à l'aide de ses économies, de son talent, et de neuf années d'un travail assidu, elle en est venue à fonder enfin le superbe établissement que voici.

J'ai su depuis, par Françoise, que cette chère et bonne amie, qui m'a si tendrement tenu lieu de mère, n'hésita pas un seul moment à m'adopter comme sa fille ; mais ce fut le pauvre Trial qui devint le sujet d'une bien grande discussion entre

Mlle Mercade et Françoise. « L'enfant! passe, disait-elle; Dieu l'a placée sur mon chemin, et certes je ne l'abandonnerai pas; mais le chien! — Le chien! Dieu l'a mis aussi sur votre chemin, Mademoiselle, répliquait Françoise, et vous ne pouvez guère laisser là cette pauvre bête. » A quoi ma chère bonne amie répondait : « Si l'on était obligé de nourrir tous les chiens que l'on rencontre sur sa route, mais, Françoise, on n'en finirait jamais; d'ailleurs, tu le sais, j'ai déjà des charges qui sont sacrées pour moi; je ne saurais y ajouter inutilement, et ce chien doit coûter beaucoup à nourrir. » Bref, la maîtresse donna tant d'excellentes raisons, que la bonne fut forcée de céder; et l'on décida qu'on laisserait le chien dans l'auberge.

Mais on avait compté sans son hôte, comme disait Françoise : au moment de partir, et de séparer l'enfant du chien, voilà l'enfant qui pousse des cris atroces, le chien qui recommence ses hurlements; c'est à la fois un désespoir du chien et de l'enfant à arracher des larmes à tous les assistants; ce qui fit que Mlle Mercade fut elle-même attendrie : « Faites monter Trial sur l'impériale, » dit-elle au conducteur.

Vous allez me demander, Mesdemoiselles, comment bonne amie savait que mon chien s'appelait Trial; elle l'avait appris de la même manière que pour moi : le nom de Trial était gravé sur le collier du chien, comme celui de Sara sur le hochet de l'enfant.

Certes, tout ce que je vous raconte là, Mesdemoiselles, vous comprenez qu'on me l'a dit; car je n'ai pas conservé le moindre petit souvenir de ce temps, puisque je n'avais qu'un an; il me semble, au contraire, que j'ai toujours été dans cette maison, que j'y suis née; je ne me rappelle pas avoir vu devant mon berceau, le matin en me réveillant, d'autre figure que celle de Françoise. Seulement, bien plus tard, une toute petite chose m'étonna, c'est que Valentine appelait toujours Mlle Mercade ma tante; tandis que moi, on me la faisait appeler bonne amie; l'habitude que j'en avais m'empêcha d'abord de faire cette remarque; mais, un beau jour, je la fis enfin, et je vous dirai de quelle manière. Je reviens, pour le moment, aux premières années de mon enfance.

Je ne sais pas si je suis née pour être riche; mais à coup sûr je suis née paresseuse, très-paresseuse, et je ne saurais vous dire tout le chagrin que j'avais, chaque matin, lorsqu'il était question de me lever... C'était plus fort que moi; quand le jour pointait à ma fenêtre, l'idée qu'il fallait me lever me remplissait d'effroi; je renfonçais bien vite ma tête dans les draps, comme s'ils avaient eu, ainsi que les talismans des contes de fées, le pouvoir de me rendre invisible. Alors je ne pouvais plus me rendormir, poursuivie que j'étais par cette terrible idée. Ou, si je me rendormais, c'était pour rêver que je me levais; et puis je me réveillais en sursaut, baignée de sueur, et le cœur battant bien fort; en un mot, j'étais, le matin, l'enfant la plus malheureuse du monde. Oh! si j'étais ma maîtresse, me disais-je souvent, comme je resterais longtemps au lit! Mais ce qui déroutait surtout mes idées de paresse, et me semblait étrange, c'est que bonne amie se levât; elle était pourtant bien sa maîtresse; de la part de Françoise, des ouvrières, du jardinier, je trouvais cela tout simple : ils y étaient forcés comme moi; mais Mlle Mercade, Mlle Mercade, qui l'y forçait? voilà ce que je ne pouvais jamais comprendre. Enfin le moment du lever arrivait; alors je passais de l'idée du supplice au supplice même. Je crois entendre encore la voix grondeuse de Françoise : « Sara! Sara! mais levez-vous donc, Mademoiselle; on n'est pas paresseuse comme ça! Si vous ne vous levez pas, Sara, j'appelle Madame. » Et il était bien rare qu'on n'allât pas chercher Madame, qui arrivait forçant son visage à être sévère, sa voix à devenir rude. Mais je devinais bien ce jeu, moi : les enfants ont un instinct étonnant pour discerner le faux du vrai; je ne me laissais donc jamais prendre à l'air terrible qu'affectait bonne amie, et, tendant mes petits bras vers elle, je me souviens du sourire que je faisais toujours venir sur ses lèvres, quand je lui disais: « Ne vous fâchez pas, bonne amie, c'est si bon, le lit! » Hélas! je fus, un jour, punie par le plaisir même; écoutez : ceci est assez singulier.

III

Remède infaillible contre la paresse.

Un jour, c'était le jour de ma fête, et j'avais alors mes trois ans bien révolus; Françoise venait d'épuiser, pour me forcer à sortir du lit, tout son vocabulaire de prières, de menaces, de prédictions terribles contre les enfants qui se laissent aller, dès leurs jeunes ans, à la paresse; elle m'avait sermonnée sur tous les tons possibles, et n'avait encore obtenu de moi que cette réponse, faite d'un air boudeur :

« C'est aujourd'hui ma fête; on peut bien, en son honneur, faire quelque chose pour moi; et je ne te demande qu'à rester une heure de plus au lit. »

Sur ces entrefaites, ma bienfaitrice, passant près de ma chambre, entendit ce colloque entre ma bonne et moi; elle entra donc, et demanda de quoi il s'agissait. Françoise la mit très-promptement au fait, et ne lui fit pas grâce de ma réponse.

« Une seule heure de plus au lit! que ça! dit bonne amie en se tournant vers moi; tu ne demandes que ça pour ta fête? Ah! c'est bien peu.

— Dame, repris-je un peu interdite, j'en demanderais bien deux, si j'osais.

— Et pourquoi pas trois, quatre, cinq, la journée entière? » répliqua Mlle Mercade.

D'abord je crus que ma chère protectrice se moquait de moi.

Je la regardais; elle était grave, et le

son de sa voix naturel. « Je parle très-sérieusement, ajouta-t-elle; c'est aujourd'hui ta fête, demande-moi une grâce, chère petite, et je te promets de te l'accorder; allons, parle sans crainte.

— Eh bien! répondis-je après quelque hésitation, fixant tantôt les yeux sur mon lit, tantôt sur bonne amie et sur Françoise, qui écoutait de l'air de quelqu'un qui doute de tout ce qu'il entend; eh bien! je demande à rester huit jours au lit sans me lever.

— Accordé, » répliqua Mlle Mercade; puis, se tournant vers Françoise, elle ajouta : « Je vous défends expressément, Françoise, de lever Mlle Sara avant huit jours, quelque chose qui arrive; quand même elle vous le demanderait, vous en supplierait à chaudes larmes, je vous le défends; et, du reste, j'ai un moyen bien simple pour vous empêcher de me désobéir. »

En disant ces mots, elle prit mes hardes

que Françoise avait placées sur le pied de mon lit, les déposa dans une armoire, qu'elle ferma ensuite à clef, et elle mit cette clef dans sa poche.

Oh! soyez tranquille, me dis-je à moi-même, en riant sous cape de toutes ces précautions; soyez tranquille, je ne demanderai point qu'on me lève; je ne supplierai pas, je ne pleurerai pas pour cela, je suis bien trop heureuse: quel bonheur! Et je me mis aussitôt à m'allonger dans mon lit, comme pour en mieux savourer toutes les douceurs; et, sotte que j'étais, tout au plaisir de ce que je venais d'entendre, je ne songeais pas à ce qu'il y avait d'étrange dans cette faveur qu'on m'accordait.

« Soit, allons, dormez, me dit aigrement Françoise, après le départ de sa maîtresse; dormez huit jours, dormez-en quinze même; en vérité, je ne sais où Madame a la tête!... autoriser ainsi la paresse de cette petite fille!... Enfin, quand on est servante, on n'est pas maîtresse, obéissons. Bonne nuit, Mademoiselle. »

Et la bonne s'éloigna de l'air de quelqu'un qui se résigne à une chose qu'elle ne comprend pas.

« Enfin, me dis-je en m'étendant délicieusement dans mon lit, me voilà donc là, sans bouger, sans rien faire, pour huit grands jours ; quel bonheur ! »

Cependant, il faut bien que je l'avoue, une maudite idée vint déjà empoisonner mon bonheur ; la voici : c'est que ces huit jours auraient un terme, et que tôt ou tard il faudrait bien se lever ! Au surplus, d'ici là, je pouvais dormir, me dorloter tout à mon aise ; et me voilà fermant les yeux, souriant à cet avenir de huit jours de paresse que j'avais devant moi et dont je me promettais de si bien jouir.

Une heure se passa, la première ; elle fut délicieuse ; la seconde, j'avais faim, et je commençai à la trouver un peu moins bonne ; la troisième me fit l'effet d'être un peu longue: On ne m'apportera donc pas à déjeuner? me disais-je; pour ce qui est de la quatrième, elle me parut interminable; j'allais, je crois, déjà demander grâce, lorsqu'on m'apporta mon déjeuner. C'était Valentine. « Reste avec moi, lui dis-je, nous jouerons. — Non, j'ai à travailler, » me répondit Valentine; puis, posant mon déjeuner sur une table près de mon lit, elle s'en alla en courant. Je déjeunai, et l'heure qui suivit ce repas fut assez douce, j'en conviens; mais à celle qui lui succéda, j'entendis dans le jardin, sur lequel donnait ma fenêtre, des éclats de rire on ne peut plus joyeux. Je distinguai les voix de Valentine et de quelques petites voisines, et je commençai à trouver assez maussade d'être retenue au lit tandis que les autres s'amusaient; mon lit cessa, dès ce moment, de me paraître aussi bon; insensiblement une espèce de petit remords vint me brouiller le cœur. Je me sentais triste, des larmes roulaient dans mes yeux. Pourquoi ? n'avais-je donc pas ce que je désirais? Bien que très-enfant, il me vint des réflexions dont, aujourd'hui encore que je suis une grande fille, je me rappelle l'amertume.

Hélas! mon supplice commençait; ma paresse devait être punie par ma paresse elle-même; le jour n'était pas fini, que mon lit m'était devenu odieux; je me tournais et me retournais comme si j'avais été couchée sur des charbons ardents; effectivement j'avais comme des fourmis dans les jambes, mes draps me brûlaient la peau.

Et quand je me mis à réfléchir que j'en avais pour huit éternels jours de la sorte à ne pas me lever, oh! comme alors tout ce qu'on fait quand on est debout me parut offrir de jouissances! Aller, venir, marcher, courir, se promener au soleil, à l'ombre, travailler même, tout me parut délicieux, pourvu qu'on fût debout. « Me lever! je veux me lever! »

criai-je alors avec autant d'ardeur que j'en avais mis, le matin, à demander à rester couchée; et je fondis en larmes.

Le bruit de mes soupirs attira enfin Mlle Mercade ; elle était en grande parure; elle allait passer la soirée dans le voisinage.

« Que veux-tu encore, mon enfant? » me dit-elle en entrant tout à coup dans ma chambre.

En la voyant, je fus prise de honte, je rougis, car je ne pouvais avoir l'air de changer si vite d'opinion, et je n'osais l'avouer; je fis semblant de me frotter les yeux sans répondre; elle ajouta :

« N'aurais-tu pas assez de huit jours à rester au lit? en veux-tu quinze? parle, je suis dans mon jour de bonté, et je te les accorderai.

— Au contraire, bonne amie, dis-je alors en éclatant en sanglots, car je n'y pouvais plus tenir; ce que je demande, ce que je voudrais en grâce, ce serait de me lever. Ah! pardonnez-moi, chère bonne amie : je ne savais ce que je désirais; la paresse est une si vilaine chose! pardonnez-moi! donnez l'ordre à Françoise de me lever, je vous en supplie.

— Te pardonner? mais tu n'as pas besoin de pardon, tu n'as rien fait de mal, reprit ma bienfaitrice. Ah! quant à te lever, c'est différent; j'ai commandé qu'on te laissât couchée, et je n'ai pas l'habitude de donner deux ordres contraires dans la même journée; ainsi, chère petite, prends ton bonheur en patience; voilà un jour de passé, tu en as sept encore, réjouis-toi. »

Et en disant ces mots, Mlle Mercade s'éloigna; elle me laissait dans un désespoir d'autant plus grand, que, bien que toute petite, je connaissais assez le caractère de ma bienfaitrice pour savoir que je n'avais plus rien à espérer d'elle. Je fis donc comme tous les enfants qui savent n'avoir rien à gagner aux prières, je fis contre fortune bon cœur ; je me résignai ; c'est-à-dire que je pleurai, mais sans crier, sans me plaindre.

Je pleurai ainsi huit jours et huit nuits : quel siècle ! mon Dieu ! quel siècle ! Eh bien, je n'obtins pas qu'on me fît grâce d'une heure. On ne me leva que le huitième jour, à neuf heures du matin, tout juste l'heure à laquelle avait commencé pour moi l'affreux bonheur que j'avais tant envié.

Ah ! bonne amie peut se flatter d'avoir usé là d'une excellente recette contre la paresse ; il m'en souviendra longtemps, et je la conseille aux mères dont les enfants aiment trop à demeurer au lit ; c'est à les dégoûter de rester couchées pour le reste de leurs jours. Il est certain, quant à moi, qu'il me prit une telle antipathie pour mon lit, que je guettais, chaque matin, le point du jour pour me lever tout aussitôt ; et, le soir, on avait toutes les peines du monde à me décider à me coucher. On n'y réussit enfin qu'en me menaçant d'un supplice contraire : celui de ne pas me laisser coucher de huit jours.

Ce fut à cette époque aussi que je compris le besoin qu'on a de s'aider les uns les autres, pour être heureux, pour se faire aimer. Mais, cette fois, c'est une leçon que me donna Trial; elle sera le sujet de mon quatrième chapitre.

IV

Où l'on voit qu'il ne faut mépriser personne, pas même les chiens, et qu'on peut avoir souvent besoin d'un plus petit que soi en apparence.

J'entendais souvent répéter autour de moi : « On peut bien comprendre que Mlle Mercade ait pris soin de Sara ; Sara ne sera pas toujours petite, elle grandira, travaillera, se rendra un jour utile dans le bel établissement de sa bienfaitrice ; alors elle la récompensera de son acte de charité ; mais Trial ! d'où vient qu'elle s'est chargée de ce Trial ? Un chien du mont Saint-Bernard, qui n'est bon qu'à déterrer les personnes ensevelies dans la neige, à quoi peut-il servir dans un pays où il y a tout juste assez de neige quelquefois pour enterrer une souris? C'est folie, folie toute pure; il ne sait que manger, boire, dormir; sans doute, c'est un chien de garde, mais le plus petit roquet est de bonne guette aussi. » Bref, tout le monde au logis niait l'utilité de Trial, et cela m'affligeait pour lui; cependant, tout en m'affligeant, ce qu'on disait sur mon compte me donnait un certain amour-propre qui me faisait me placer, dans ma propre estime, bien au-dessus de Trial. Or, bientôt moi aussi (voyez ce que c'est que le mauvais exemple!) je finis à mon tour par mépriser ce pauvre chien. Oh! mais il ne tarda pas à se venger de nos mépris d'une singulière manière; vous allez voir.

A certaine époque de l'été, et pendant les quelques jours où sa présence à Paris n'était pas indispensable, Mlle Mercade, pour cause de santé, habitait, avec les trois petits enfants qu'elle avait adoptées, une jolie campagne près de Fontainebleau, à l'entrée de la forêt. Le lendemain même du jour où nous nous y étions installées pour la première fois, elle permit à Françoise et à la bonne d'enfants, Agathe, de nous mener promener dans la forêt, Valentine, sa petite sœur Aurélie, alors âgée de deux ans, et moi. Je me souviens que Trial voulut venir avec nous; alors Agathe, qui détestait tous les chiens en général et Trial en particulier, lui donna des coups pour l'obliger à rester. Seule, je m'aperçus que la pauvre bête n'avait pas obéi. Mais n'osant nous accompagner de près, elle nous suivait de loin. Un peu complice de sa désobéissance, je lui faisais à la dérobée et de temps en temps une petite menace du doigt, avec un signe d'amitié de l'œil; puis je faisais semblant de ne plus le regarder, pour ne pas l'enhardir à se montrer : ce qu'il eût assurément fait si je l'avais encouragé d'une manière plus visible.

Nous étions arrivées à un endroit des plus sauvages de la forêt. Agathe, qui portait Aurélie, se sentit fatiguée; elle assit donc la petite sur le gazon; puis, l'une de nous ayant remarqué plusieurs noisetiers, nous nous mîmes, à l'envi l'une de l'autre, à cueillir et à manger des noisettes. Mais, tout en cueillant et mangeant, nous nous éloignions d'Aurélie insensiblement et sans nous en apercevoir; et ce ne fut que lorsqu'on pensa que le temps accordé pour la promenade par Mlle Mercade pouvait être écoulé, qu'on songea à revenir sur ses pas.

Au moment même où nos bonnes cherchaient à s'orienter pour retrouver l'endroit où l'on avait posé Aurélie, nous entendîmes tout à coup des hurlements qui nous saisirent de frayeur. « Ah ! mon

Dieu ! y aurait-il des loups ! s'écria Agathe. — Ah ! mon Dieu ! s'il y en a, que sera devenue Aurélie ! » cria à son tour Françoise. Et ces deux femmes, nous prenant chacune par la main, Valentine et moi, se mirent à courir à nous faire perdre haleine ; elles criaient, nous pleurions de notre côté à chaudes larmes, et nous courions toujours.

Ah ! que devînmes-nous, grand Dieu, lorsque, en approchant de l'endroit où nous avions laissé Aurélie, nous aperçûmes une longue trace de sang, et au bout de cette trace une bête pas encore morte, mais râlant son dernier soupir.

C'était un loup. Nos bonnes s'arrêtèrent saisies d'épouvante ; elles tremblaient comme nous de tous leurs membres, et n'osaient avancer ; puis, se jetant dans les bras l'une de l'autre en fondant en larmes, elles s'écrièrent : « Pauvre enfant ! pauvre petite ! Ah ! mon Dieu ! mon Dieu ! »

Et toutes deux semblaient clouées à leurs places.

« Allons voir, dit alors Valentine en entraînant Agathe par la main.

— Allons voir, repris-je à mon tour, en tirant Françoise de la même manière.

— Pour un empire, ah ! non, je n'irais pas, s'écria Agathe.

— Nous n'aurions qu'à trouver la pauvre enfant dévorée, ajouta Françoise en sanglotant.

— Dévorée ! ma sœur dévorée ! » interrompit Valentine ; et lâchant la main qu'elle tenait, elle se mit à courir, j'en fis autant ; bientôt nous reconnûmes l'arbre au pied duquel on avait posé Aurélie ; et la première chose que je vis contre cet arbre, ce fut Trial.

« Trial est là, criai-je à Valentine ; il est là ! Aurélie n'a pas de mal ! » Effectivement, Aurélie, réveillée, jouait avec le gros chien et l'agaçait avec une pomme que celui-ci faisait semblant de vouloir lui prendre. Ah ! mon pauvre chien semblait-il heureux ! Pour la première fois il jouait avec Aurélie comme avec moi ; nous lui appartenions toutes les deux ; toutes les deux nous lui devions la vie.

A nos cris : « Aurélie vit! Aurélie vit ! » nos bonnes se montrèrent : oh ! alors Trial (car aucune de nous ne douta que Trial n'eût tué le loup), Trial eut un beau triomphe, triomphe qui se renouvela quand nous revînmes à la maison, et que nous racontâmes à Mlle Mercade l'affreux danger qu'avait couru sa plus jeune fille adoptive.

« Vous voyez bien que mon chien n'est pas inutile, » dis-je alors avec orgueil, le soir même, à tout le monde; et je fus plus fière de la belle action de Trial que de tout ce que j'aurais pu faire de beau.

Mais ce sont mes *Mémoires* que j'écris, non ceux de Trial ; je vais donc en revenir à ce qui me regarde ; car j'aime assez à parler de moi; j'ignore si les grands auteurs ont cette même démangeaison; mais, s'ils l'ont, alors ils sont bien heureux : ils doivent avoir bien des choses à dire, tandis que moi j'en ai si peu, que cela m'afflige.

V

Comment je m'avisai un jour que je n'avais ni père, ni mère, ni nom.

Quand on est une grande demoiselle, quand on a dix ans enfin et qu'on se reporte, par le souvenir, à l'époque où l'on n'avait que deux, trois et même quatre ans, on trouve que l'on était alors niaise, si niaise qu'on en rit presque en se prenant en pitié. C'est ce qui m'arrive aujourd'hui, ce qui m'arriva même lorsque je n'avais encore que cinq ans; j'ai toujours été très-raisonnable pour mon âge; or voilà comment je m'avisai un jour que je n'avais ni père, ni mère, ni nom.

Nous étions plusieurs petites filles à jouer dans la cour de la maison ; Mlle Mercade nous avait donné des fleurs ; nous nous imaginâmes de les tirer en loterie. A cet effet, l'une de nous, la plus grande, Mlle Sara Brécourt, proposa de numéroter les fleurs, puis de mettre tous nos noms dans un sac. Le premier nom sortant devait avoir le numéro 1 ; le second, le numéro 2, et ainsi de suite. Ceci convenu, on numérota les fleurs, et chacune de nous écrivit seulement son nom de baptême sur un morceau de papier ; mais ne voilà-t-il pas qu'au moment de rouler les papiers pour les jeter dans le sac, on s'aperçoit qu'il y avait plusieurs noms semblables ; c'est ainsi qu'il y avait trois Marie, deux Sophie, deux Sara.

« Il n'y a, Mesdemoiselles, qu'un moyen de nous tirer d'embarras : ajoutons nos noms de famille à ceux de baptême, » dit aussitôt une de nous ; et chacune reprit son morceau de papier pour inscrire son nom de famille. Moi, comme toutes les autres, j'écrivis le mien sans hésiter : *Sara Mercade*. Valentine, qui regardait par-dessus mon épaule, se mit alors à rire.

« Mais tu ne t'appelles pas Mercade, me dit-elle, pas plus que moi.

— Pourquoi ? répliquai-je avec étonnement.

— La belle demande ! se récria-t-elle ; est-ce que tu es la fille du papa et de la maman de ma tante, toi, pour t'appeler comme ils s'appellent ?... Lis mon papier, j'ai mis le nom de mon père, moi : Valentine Raimond.

— Mais alors quel nom faut-il donc mettre après le mien ? lui demandai-je.

— Mais... le nom de ton père, assurément, répondit Valentine.

— Eh ! comment veux-tu qu'elle mette le nom de son père ? elle n'en a pas, » interrompit une petite fille que j'ai toujours détestée, la petite Clémence Richard : et ce n'est certes pas parce qu'elle était contrefaite et noire, mais bien parce qu'elle est aussi méchante que laide.

« Comment, pas de père! me récriai-je.

— Sans doute, pas plus de père que de mère, ajouta-t-elle.

— Allons donc, est-ce qu'il est possible de n'avoir ni père ni mère ? reprit à son tour Adèle, la fille de l'horloger de la rue de la Paix.

— C'est possible, puisque Sara n'en a pas, répliqua Clémence. Du reste, Sara n'est pas faite comme tout le monde, voyez : elle a les cheveux noirs et les yeux bleus ; elle est Française et elle a la figure anglaise ; je parie, moi, qu'elle n'a jamais eu ni père ni mère.

— Mais Valentine n'en a pas non plus, fis-je observer.

— Mais Valentine en a eu, répondit

Clémence ; on les a connus, on les a vus, on sait leur nom, ils sont morts ; ce n'est pas la faute de Valentine.

— Et si je n'en ai pas, moi, est-ce ma faute ? dis-je alors le cœur oppressé.

— Non, mais c'est tant pis pour toi, » répliqua sèchement Clémence.

Je ne sais pourquoi, pour la première fois de ma vie, cette idée me serra le cœur ; jusqu'alors, je n'avais pas pensé à cela ; un père et une mère m'avaient toujours semblé, dans ma petite tête, deux êtres nés pour vous faire des caresses, pour vous donner tout ce dont vous pouvez avoir besoin. Eh bien ! rien de tout cela ne m'avait manqué dans la maison où j'avais été recueillie : Mlle Mercade n'avait établi aucune distinction entre Valentine, Aurélie et moi ; j'avais la même part à table comme à ses caresses ; elle m'appelait du nom qu'elle donnait à Valentine et à Aurélie : « Ma fille ! » Sa voix était aussi tendre en me parlant qu'en parlant à ses deux nièces, son regard aussi doux en me regardant qu'en les regardant. Je puis même dire enfin que je n'ai jamais été sevrée des caresses d'une mère, puisque Mlle Mercade fut toujours pour moi la plus tendre comme la meilleure des mères. Le premier serrement de cœur que j'éprouvai, ce fut donc en cette occasion, au moment où je ne pus ajouter un nom au mien; c'est qu'aussi (car il faut tout dire) je m'aperçus seulement alors qu'il existait une différence entre les autres enfants et moi.

Je quittai le jeu, et je montai trouver ma bienfaitrice. Elle était un peu indisposée; je la trouvai dans sa chambre à coucher à demi étendue sur un canapé; elle jouait avec son perroquet, un beau perroquet apporté des Indes par le capitaine Robert, que je n'aime pas parce qu'il fume, et qu'on dirait toujours qu'il va jurer. Il paraît que mon visage accusait une pensée triste, la pensée qui me chagrinait; car les premiers mots de ma bienfaitrice furent ceux-ci :

« Qu'as-tu, ma bonne petite fille? Quelqu'un t'aurait-il causé du chagrin?

— Hélas! répondis-je les larmes aux yeux, personne, et tout le monde. » Mlle Mercade laissa envoler son perroquet, qui alla se percher sur la croisée, et, se soulevant sur son séant, elle m'invita à m'approcher d'elle; alors, passant un de ses bras autour de ma taille, et m'attirant sur son sein, elle me baisa au front, en ajoutant de sa voix la plus douce :

« Voyons vos petits chagrins, chère Sara, et ce qu'on pourrait faire pour les adoucir.

— Me dire le nom de mon père et de ma mère, » répondis-je.

Mlle Henriette me regarda à deux fois, et, m'embrassant pour faire sans doute passer sa réponse à l'aide de cette bonne caresse, elle me dit :

« Je ne le sais pas, chère petite.

— Ainsi donc, m'écriai-je en pleurant, Clémence a raison, je ne suis semblable à aucun autre enfant ! je n'ai jamais eu ni père ni mère.

— Clémence est une sotte, me répondit ma chère bienfaitrice : on a toujours un père et une mère. Pour ce qui est des tiens, je t'avoue que je ne sais où ils sont, ni seulement s'ils existent ; et cela est peut-être un peu de ma faute. »

Ce fut alors que Mlle Mercade me raconta toutes les circonstances de l'incendie du château et la manière miraculeuse dont elle m'avait trouvée ; puis elle ajouta : « J'aurais dû, je le sais, faire quelques recherches, faire insérer même dans les journaux l'événement qui te fit tomber en mes mains ; mais d'abord je n'avais pas une grande confiance dans le résultat de ces démarches tardives, les premières que j'avais faites étaient restées si infructueuses ! et puis, te l'avouerai-je, ma chère enfant? ajouta-t-elle avec tendresse, je t'aime tant, il me semble si bien que tu es mon enfant, à moi, plus mon enfant encore que Valentine et Aurélie, qui ont connu leur mère, que je frémis à l'idée de te perdre : ce qui arriverait, sans nul doute, si tu retrouvais jamais tes parents. Tu n'as jamais aimé que moi; et, égoïste que je suis, je voudrais que tu n'aimasses jamais que moi... Cependant, poursuivit-elle en soupirant, je le sens, ce que je fais est mal, et je vais m'occuper décidément de procéder aux recherches nécessaires pour savoir si tu as encore tes parents. »

J'ignore si ma bien-aimée bienfaitrice a tenu sa promesse; mais ce que je sais, c'est que je suis encore aujourd'hui, à l'égard de mes parents, dans la même ignorance qu'à l'époque dont je vous parle.

« Je ne veux pas, ajouta bonne amie après une pause, que tu aies à me reprocher ton premier chagrin.

— Oh ! ce n'est pas mon premier chagrin, répliquai-je vivement.

— Et quel est-il donc ? » me demanda-t-elle.

Si vous tenez à le savoir, mes chères lectrices, veuillez lire ce qui suit.

VI

Mon premier chagrin.

Vous saurez d'abord que j'aime toutes les bêtes, les chiens, les chats, les oiseaux, les poissons rouges, toutes les bêtes enfin, excepté cependant les bêtes féroces. Le même capitaine Robert, que je n'aime pas, et que je soupçonne fort de faire l'aimable auprès de moi pour se faire bien venir de Mlle Mercade, ce capitaine Robert donc me fit cadeau, une fois, d'un joli petit serin, mais le plus joli petit serin qui se puisse voir, d'un beau jaune, avec une petite houppe grise sur la tête, et bien haut monté sur ses pattes : ce qui est une beauté, dit le capitaine.

Ce jour-là, je l'avoue à ma honte, le capitaine Robert ne me parut pas si noir que les autres jours ; je lui trouvai même quelque chose d'assez agréable, et, lorsqu'il me fit présent de ce bel oiseau, je lui permis, sans trop de façons, de m'embrasser.

Me voilà donc la plus heureuse petite personne du monde! j'avais quelque chose à moi, et quelque chose de vivant, encore ; un animal, qui remuait, qui chantait, qui buvait, qui mangeait, qui me regardait quand je l'appelais, et qui avait peur de moi si je voulais le prendre ; tout cela m'enchantait, j'étais dans le ravissement.

Hélas! tout ce bonheur dura huit jours ; il dura jusqu'à l'arrivée d'une nouvelle bête, qui s'introduisit toute seule dans la maison, celle-là comme une voleuse, comme une méchante jalouse qu'elle était.

Et dire que c'est moi, moi, Sara, qui la fis entrer! oh! non, je ne m'en consolerai jamais.

Écoutez bien ceci :

Un soir, j'étais assise sur le perron du jardin; je m'y délectais à boire une bonne tasse de laid chaud, que j'aime beaucoup, et que ma chère bienfaitrice m'avait envoyée pour me régaler, lorsque je vis, dans le touffu d'un rosier, briller deux yeux qui m'effrayèrent de prime abord; je me rassurai bientôt en reconnaissant que ces yeux étaient ceux d'un chat. Un chat! par où était-il venu? il n'y avait pas de chat dans la maison, cela m'étonnait; au reste, comme je vous l'ai dit, j'aime toutes les bêtes; je n'hésitai donc pas à appeler *Minet! Minet!* et pour l'engager à venir près de moi je lui tendis ma tasse de lait.

Ce bon procédé (car me priver de mon lait pour un chat inconnu, c'était là un grand sacrifice), ce bon procédé, dis-je, me valut non-seulement l'estime de Minet, mais aussi sa confiance ; il vint à moi en miaulant, en faisant le gros dos ; puis, quand il fut à portée de ma tasse, comme il vit que je ne la retirais pas, et que, bien au contraire, il m'entendait lui dire : « Bois, Minet ; bois, Minet, » il but, et quand il eut tout bu, nous devînmes les meilleurs amis du monde ; il se rapprocha tout à fait de moi, il se laissa caresser, mettre sur les genoux, prendre sur les bras ; bref, je revins en triomphe au logis, où, bien malgré la cuisinière, j'installai mon nouvel ami.

« La belle pièce, en vérité, que vous nous amenez là ! me disait la bonne Marguerite en grognant, qui volera tout et me fera gronder ; qui ira jouer de la patte, peut-être jusque sur le gril, jusque dans la poêle, pour y attraper les côtelettes qui grilleront, ou pêcher le poisson qui frira ! Nous nous serions bien passés d'un pareil hôte ; mais vous êtes si enfant gâté, Mademoiselle vous passe tant de choses, que je ne serais pas étonnée de vous voir un jour bouleverser la maison de fond en comble.

— Parce que je t'amène un chat égaré, que j'ai trouvé dans le jardin et demandant l'hospitalité ! Tu es bien peu charitable, Marguerite, lui dis-je.

— Un chat est un animal traître, me riposta la cuisinière ; on croit qu'il va vous lécher, il vous mord ; qu'il vous fera patte de velours, il vous égratigne. Enfin, c'est bon ; qui vivra verra ! »

Cette phrase était toujours le refrain final de toutes les conversations de cette pauvre fille.

Hélas ! ce n'était pas Marguerite qui devait avoir à se repentir de l'introduction de Minet dans la maison de ma bienfaitrice, c'était moi, et voici comment :

J'avais mis mon beau petit serin dans une charmante cage qui s'accrochait d'ordinaire à un clou dans la salle à manger. Chaque fois que j'y entrais, toujours je remarquais Minet, accroupi, soit sur une chaise, soit sur une table, ou sur le poêle, mais le plus près possible de la cage et les yeux fixés sur mon oiseau. Tiens, me disais-je alors, il paraît que Minet aime Titi. Alors, comme je voulais que mon oiseau payât mon chat de réciprocité, je décrochais la cage, la posais sur la table, et faisais monter Minet. Dès que je les avais mis ainsi en présence l'un de l'autre, et que je voyais Minet avancer la patte à travers les barreaux de la cage, et Titi se réfugier du côté opposé comme un farouche qu'il était, alors je leur tenais, sur l'*union* qui devait *les unir*, le même langage que bonne amie nous répétait souvent, à Valentine, à Aurélie et à moi, lorsqu'il nous arrivait de nous disputer. Par exemple, ici, mes reproches ne s'adressaient guère qu'à l'oiseau, lui seul faisait le récalcitrant; quant à Minet, il semblait ne pas demander mieux que de voir Titi de plus près.

Hélas! un jour j'eus la fatale idée de vouloir les rapprocher tout à fait, et, pour cimenter une parfaite union entre eux, de les forcer à s'embrasser. A cet effet, je tirai mon oiseau de sa cage; et, comme il se débattait, je lui tins ce discours : « Fi! que c'est vilain, monsieur Titi, d'avoir un aussi mauvais caractère, boudeur et grognon! voyez Minet qui vous fait toutes les avances; s'il pouvait parler, il vous dirait : « Titi, mon cher Titi, donnons-nous la patte, embrassons-nous, et que la paix soit faite. »

Tout en parlant, j'avais approché le serin du chat. Soudain, crac, Minet saute sur Titi, le saisit par le cou, et s'enfuit avec; effrayée d'une action qui me parut assez grossière, mais dont je ne pressentais pas encore tout le danger, je courus après eux jusque dans le jardin; à ma vue, Minet lâcha l'oiseau, oui, mais mort, sans vie, sans mouvement. Je le ramassai, et, le voyant en cet état et m'apercevant que ni mes caresses ni mes soins ne pouvaient le ranimer, je me mis à pleurer, mais à pleurer comme je n'avais jamais pleuré de ma vie, sans colère, sans dépit; c'étaient des pleurs de chagrin, et c'était mon premier chagrin!

En tournant la tête, j'aperçus Minet assez honteux cependant, et qui me regardait, moitié craintif, moitié suppliant.

« Vilain monstre de chat! lui dis-je, moi qui croyais que tu aimais Titi; tu l'aimais, oui, mais comme moi j'aime les gâteaux, pour les croquer; va, éloigne-toi, je ne t'aime plus, je ne veux plus te voir; Marguerite avait raison, le chat est un animal traître: on croit qu'il va vous lécher, il vous mord; qu'il fera patte de velours, et il vous égratigne. »

Depuis ce jour, Mesdemoiselles, je n'ai plus voulu voir de chat, et ce qui m'a confirmée dans mon aversion, c'est que

Trial, qui a tant d'instinct, est absolument comme moi, et qu'il ne peut pas souffrir cette bête traîtresse...

Sara en était là de la lecture de ses *mémoires*, lorsqu'elle s'arrêta et se mit en devoir de replier ses papiers.

« Eh bien ! » lui dit tout le jeune auditoire, et Mlle Mercade comme les autres.

« C'est fini, répondit celle-ci tranquillement.

— Comment ! c'est fini ! se récria Valentine, mais un livre ne finit pas ainsi : il faut que tu retrouves ta mère ; il faut que l'oiseau soit enterré pompeusement ; il faut que Minet soit puni ; enfin, il faut bien des choses ; mais, à coup sûr, tes *mémoires* ne peuvent finir ainsi ; au point où tu t'arrêtes, tu n'avais encore que cinq ans, et tu en as dix aujourd'hui.

— Oui, mais il ne m'est rien arrivé d'important dans ces cinq dernières années, répondit Sara ; j'ai appris, comme tout le monde, à lire, à écrire, à calculer;

je sais un peu de grammaire, de géographie, de musique, et même de peinture pour peindre les fleurs. Mais tout cela n'a rien d'intéressant pour des *mémoires*...

— N'importe, je soutiens ce que j'avance : tes *mémoires* ne finissent pas bien ; consulte plutôt le grand monsieur Brun, qui fait des livres, et tu verras ce qu'il te dira.

— C'est bien là mon intention, répliqua Sara ; mais pour cela, j'aurais besoin de la permission de ma bonne amie.

— Je te l'accorde volontiers, chère enfant, répondit Mlle Mercade ; demain, Mme Langevin va à la Chaussée-d'Antin porter plusieurs guirlandes chez lady Mott ; lady Mott demeure dans la même maison que ce jeune auteur. Sara accompagnera Mme Langevin. »

Sara se leva et alla embrasser Mlle Mercade, pour la remercier de sa bonté.

VII

Lady Mott.

Le lendemain de bonne heure, Mlle Mercade donnait les dernières instructions à Mme Langevin, femme respectable, chargée constamment de porter en ville les fournitures de la maison.

Pendant qu'Aurélie, debout à côté de sa sœur, arrangeait des fleurs dans un verre d'eau, Sara, grave et sérieuse, déjà toute prête à partir, son chapeau sur la tête, attendait avec assez de patience la fin des instructions. Ce fut à elle que Mlle Henriette remit la lettre. « Je ne connais pas lady Mott, lui dit-elle, mais on la dit jeune, et les enfants intéressent toujours les jeunes femmes; je te charge donc, Sara, d'être mon interprète auprès d'elle, de lui faire valoir le coloris et la perfection de mes fleurs, et de l'assurer de toute ma reconnaissance, dans le cas où elle voudrait me protéger auprès de la reine Victoria. A propos, as-tu ton manuscrit?

— Oui.

— Mais ne t'occupe de cette affaire, je te le recommande, qu'après avoir vu lady Mott. »

Puis, tandis que Sara montait dans le fiacre qui devait les conduire à la Chaussée-d'Antin, Mlle Mercade prit Mme Langevin à part, et lui remit un petit sac d'argent.

« Voici, lui dit-elle, ma chère madame Langevin, la somme nécessaire pour faire entrer Françoise aux *Petits Ménages*; vous vous entendrez avec ce jeune auteur pour faire croire à Sara que c'est le produit de ses *mémoires ;* pauvre enfant ! qu'au moins la pensée de sa bonne action se réalise, et qu'elle soit heureuse de sa réussite. Allez ; le plus grand secret vis-à-vis d'elle, je vous prie. »

Mme Langevin, ayant promis de se conformer aux ordres de sa maîtresse, suivit Sara dans le fiacre qui partit.

Lorsque la voiture fut enfin arrêtée devant la porte du grand hôtel où demeuraient, à des étages différents, les deux personnes auxquelles Mme Langevin et Sara avaient affaire, Sara se dirigea d'abord vers le rez-de-chaussée qu'occupait le jeune auteur. La bonne Mme Langevin l'arrêta :

« D'abord les affaires de la maison, mon enfant, » lui dit-elle.

Sara se résigna et suivit sa conductrice au premier étage, dans un magnifique appartement. Au fond de cet appartement était une grande porte vitrée, à travers laquelle on apercevait un charmant cabinet de toilette ; dans ce cabinet était assise une jeune dame blonde, les cheveux épars, occupée sans doute à se coiffer, mais distraite de cette occupation par une petite fille de quatre à cinq ans, qui s'essayait à grimper sur les genoux de sa mère.

« Que cette dame est belle ! » ne put s'empêcher de dire Sara à Mme Langevin, au moment où la femme de chambre, qui les précédait, les annonça ; on les introduisit dans le cabinet de toilette.

L'exclamation de Sara, bien que prononcée à voix assez basse, avait cependant frappé les oreilles de la dame anglaise ; aussi, tout en prenant la lettre des mains de la jeune fille, ne put-elle s'empêcher de la regarder avec un vif intérêt. Toutefois elle ne dit rien, décacheta la lettre, la lut ; puis, se tournant vers Mme Langevin, elle demanda à voir les fleurs.

Comme celle-ci défaisait le carton, Sara s'approcha d'elle et lui demanda la permission d'aller montrer son manuscrit au locataire du rez-de-chaussée en ajoutant : « Je suis parfaitement inutile ici. »

« Je le veux bien, » reprit Mme Langevin ; et, comme la domestique qui les avait introduites se retirait, elle la pria de conduire Sara à sa destination.

« Est-ce que ce Monsieur achète des fleurs ? demanda lady Mott.

— Oh ! ce n'est pas pour des fleurs, Madame, répondit Sara ; c'est pour quelque chose de bien plus sérieux : c'est un manuscrit que j'ai à lui communiquer.

— Un manuscrit ! et de qui ? demanda lady Mott.

— De moi, dit Sara simplement, et comme si c'eût été chose toute naturelle.

— De toi, petite ! répliqua la jeune dame anglaise, de toi ! Et de quoi traite ce manuscrit ?

— Ce sont mes *mémoires !* » dit Sara.

L'Anglaise sourit. « *Tes mémoires !* cela doit être curieux ; que peux-tu avoir à raconter à ton âge? Que ta mère, Mme Mercade, fabrique des fleurs, qu'elle t'en fait faire..., que...

— Mme Mercade n'est pas ma mère, répondit Sara, singulièrement confuse du peu de cas qu'on faisait des événements qui avaient pu lui arriver. — D'abord, c'est une demoiselle...

— Et qui est ta mère? demanda lady Mott.

— Je l'ignore, Madame, je ne l'ai jamais su, répondit Sara.

— Allons, Sara, n'ennuyez pas Madame, interrompit Mme Langevin, qui, après avoir ouvert son carton, venait d'étaler ses guirlandes sur tous les meubles de l'appartement.

— Sara!... Sara!... répéta la jeune Anglaise, attirant la jeune enfant à elle et la regardant avec des yeux effarés. —

Sara! cette enfant s'appelle Sara ! et elle ne connaît pas sa mère !

— Voilà ce que je dis dans mes *mémoires*, Madame, reprit Sara, que l'émotion de la dame anglaise gagnait. Vous voyez bien qu'il n'y est pas seulement question de fleurs.

— Ah! mon Dieu! mon Dieu! s'écria la jeune femme les mains jointes, mon Dieu ! faites que je ne m'abuse pas cette fois, comme je me suis si souvent trompée! faites que ce nouvel espoir ne soit pas déçu comme tous les autres ! — Oh! donne-moi ton manuscrit, petite Sara, donne..., et va-t'en, ajouta-t-elle en saisissant d'une main le rouleau de papier que tenait encore Sara et repoussant l'enfant de l'autre. — Donne et va-t'en, car si ce n'est pas toi... je ne veux plus te revoir. »

Puis, faisant un signe impératif à Mme Langevin, celle-ci laissa là ses fleurs et emmena aussitôt Sara, qui, tout interdite, ne se retirait qu'à regret en ne cessant de répéter en traversant l'appartement : « Elle me rendra mon manuscrit, n'est-ce pas? »

VIII

Conclusion.

Mme Langevin était partie avec Sara de bon matin; déjà quatre mortelles heures s'étaient écoulées, et on ne les voyait pas revenir; plusieurs fois, dominée par un sentiment d'inquiétude, Mlle Mercade s'était mise à la fenêtre pour guetter leur retour; à chaque fiacre qu'elle apercevait de loin, elle se disait : « Ah ! ce sont elles; » mais le fiacre approchait, passait outre, sans s'arrêter devant la maison, et son anxiété redoublait.

« Que leur sera-t-il donc arrivé, mon

Dieu? se disait-elle; il n'y a pas, du Luxembourg à la Chaussée-d'Antin, pour plus de quarante minutes de chemin en voiture. Eh bien! mettons deux heures pour aller et revenir, une heure pour rester, cela fait trois heures, et, tout bien compté, voici bientôt cinq grandes heures qu'elles sont parties... »

Et là-dessus le champ fut ouvert aux conjectures de toute espèce; Valentine, qui partageait de son côté les alarmes de sa tante, lui fit cependant observer que ces dames étaient sans doute allées voir le jeune auteur Brun, puis un libraire, et peut être bien aussi Françoise.

« Mais cinq heures dehors! cinq heures! répétait Mlle Mercade; Mme Langevin me connaît; elle sait que je n'aime pas les longues absences; décidément il faut qu'il leur soit arrivé quelque malheur, le fiacre aura versé peut-être; si Sara était blessée, mon Dieu!... mon Dieu!... Enfin les voilà! s'écria-t-elle, avec une grande expansion de joie, en voyant venir de loin un fiacre; je crois reconnaître le cocher; c'est bien la même citadine...; mais, voilà qui est étrange! point de tête d'enfant à la portière. »

Sur ces entrefaites, la voiture s'arrête, le cocher descend de son siége, ouvre le portière; Mlle Mercade, saisie d'un vague pressentiment, n'ose ni respirer ni faire un pas... Qui est-ce qui descend de cette voiture? une jeune et belle dame fort pâle, qui monte le perron en chancelant.

Mlle Mercade regarde encore; la portière se referme, plus personne dedans. C'est le cœur serré que la pauvre femme salue alors l'inconnue.

« Mademoiselle Mercade? dit cette dernière avec un accent étranger, qu'il est aisé de reconnaître pour l'accent anglais.

— C'est moi, répondit Henriette.

— Pardon, Mademoiselle, reprend l'Anglaise, suivant Mlle Mercade dans un petit salon situé au rez-de-chaussée et se laissant tomber, pour ainsi dire, sur un fauteuil que lui avance Valentine.—Pardon, Mademoiselle, ajoute-t-elle en respirant un flacon d'éther, n'avez-vous pas élevé une petite fille nommée Sara?

— Oui, Madame, et vous m'en voyez bien inquiète, répond Mlle Mercade, qui s'était levée en ce moment, croyant entendre un second fiacre s'arrêter devant sa porte, puis s'était rassise aussitôt.

— Elle est chez moi, Mademoiselle, et renfermée, dit l'Anglaise.

— Chez vous! renfermée! s'écria Mlle Mercade; et qu'a-t-elle donc fait? pourquoi?

— De grâce, Mademoiselle, reprend la dame, répondez d'abord à mes questions, je satisferai ensuite aux vôtres. Il y a dix ans, faisant avec mon mari un voyage en France, je mis au jour une petite fille; je la plaçai en nourrice au hameau de *Varennes*, et je fus obligée de l'y laisser pour retourner en Angleterre, où des affaires de famille très-pressantes me rappelaient... Un an plus tard, je me disposais à aller chercher mon enfant, lorsque j'appris que le hameau où je l'avais laissée venait d'être la proie des flammes, et que ma fille, ma chère Sara, avait péri, ainsi que sa nourrice et tous les habitants de l'endroit ; mon mari vint lui-même s'assurer de la réalité de cet affreux événement ; les chaumières étaient rebâties, mais c'étaient de nouveaux habitants qui les occupaient, et aucun d'eux ne put lui donner d'autres renseignements, sinon que tout avait péri... »

Mlle Mercade, en écoutant l'Anglaise, avait oublié l'absence de Sara ; depuis un moment sa pâleur égalait celle de la personne qui lui parlait.

Cette dernière reprit : « Jugez donc, Mademoiselle, du saisissement que j'ai dû éprouver ce matin, lorsqu'une petite fille venue de votre part me donna à lire ses *mémoires*, et que dans ces *mémoires* je crus retrouver la trace de ma fille enlevée si jeune à mon amour, et que j'ai tant pleurée! — Mais si je me trompais! si ce n'était pas elle!... non, le coup serait trop cruel. Dans mon affreuse anxiété j'ai donné l'ordre à mes gens de tenir renfermée chez moi cette enfant, qui devient, en ce moment, ou ma vie ou ma mort; et, prenant la voiture même qui l'avait amenée et qui stationnait devant ma porte, je suis accourue; maintenant, parlez, dites, Mademoiselle, tout cela est-il vrai?... ces *mémoires*..., cette adoption..., ce hochet; oh! montrez-moi le hochet, Mademoiselle; il n'y en a pas deux semblables en Europe; il renferme le portrait de mon mari. Montrez-moi ce hochet, Mademoiselle.

— Va le chercher, dit Mlle Mercade à Valentine, qui partit aussitôt. — Mais, Madame, ajouta-t-elle, bien que tout se rapporte exactement à votre enfant perdue et trouvée, je ne voudrais pas cependant vous bercer d'un vain espoir : le hochet ne renferme pas de portrait. »

Au même instant, Valentine revint en courant avec le bijou.

« C'est lui! c'est lui! » s'écria aussitôt la dame en saisissant le hochet avec la rapidité de l'éclair. — Tenez, voyez! » Et en disant ces mots elle touche un ressort invisible; le hochet s'ouvre, et laisse voir un portrait d'homme jeune et beau.

« J'ai retrouvé ma fille, ma fille! O Mademoiselle! que ne vous dois-je pas! que faire pour vous témoigner toute ma reconnaissance?... Sara..., ma Sara, mon enfant si chérie, tant pleurée!... O mon Dieu! soyez béni! »

Mlle Mercade écoutait avec un saisissement indéfinissable ces élans d'ivresse et de joie folle de cette pauvre mère; elle ne savait si elle dormait ou veillait, quand soudain des cris de joie se font entendre.

« Sara! Sara! voici Sara, Mademoiselle, voici Sara! »

C'étaient toutes les jeunes filles de l'atelier qui, n'ignorant pas la mortelle inquiétude de leur maîtresse, voulaient être, chacune à l'envi, la première à lui annoncer le retour de l'enfant chérie.

Mais ce fut avec un sentiment tout à la fois de bonheur et de regrets que la pauvre demoiselle courut au-devant de celle qu'elle avait élevée et regardée jusqu'ici comme sa fille.

« Chère bonne amie, cria Sara en se précipitant des bras de Valentine, qui, plus leste que sa tante, l'avait reçue la première, dans les bras de sa bienfaitrice, enfin me voilà! imaginez-vous qu'on m'avait enfermée chez cette lady, cette dame anglaise...

— Chut! interrompit Mlle Mercade en la prenant par la main et la conduisant vers lady Mott, qui restait anéantie sous les émotions de la scène qui venait d'avoir lieu ; chut ! Sara, il faut l'aimer cette dame anglaise.., car... car... c'est ta mère ! »

Et, comme ce mot était le premier signal d'une séparation, Henriette Mercade fondit en larmes.

« Oui, ta mère, répéta lady Mott, couvrant Sara de baisers et de larmes, — ta mère... Oh ! cette première caresse de ta bouche, ma fille, rachète toutes mes souffrances.

— J'ai donc une mère, moi aussi... enfin ! » dit Sara après un moment de réflexion ; et, se tournant vers Mlle Mercade, qui pleurait silencieuse à l'écart, elle courut à elle, en criant de ce cri de l'âme que la reconnaissance anime et que rien ne saurait rendre :

« Oh ! j'en ai deux...; car vous, chère bonne amie, vous serez toujours ma mère d'adoption.

— Et que je te permets d'aimer autant que je l'aimerai moi-même, dit lady Mott en tendant à Mlle Mercade une main que celle-ci s'empressa de saisir : — car nous sommes sœurs, n'est-ce pas? nous avons le même enfant.

— C'est-à-dire que vous m'enlevez celui que Dieu m'avait envoyé, Milady, dit Henriette en soupirant.

— Vous vous marierez, répondit l'Anglaise, vous en aurez à vous, et vous oublierez ma Sara.

— Jamais ! s'écria Henriette vivement.

— Jamais, jamais, répéta deux fois Sara en passant ses bras autour du cou de sa bienfaitrice ; car jamais, moi, je ne l'oublierai. »

M. le curé, qui entrait en ce moment et à qui l'on avait déjà raconté, dans l'antichambre, l'événement étrange qui venait d'avoir lieu, répéta à Sara son refrain accoutumé :

« Vous voyez bien, ma fille, qu'un bienfait n'est jamais perdu ; vos *mémoires*, écrits pour l'accomplissement d'une bonne action, vous ont fait retrouver une mère, une famille. Soyez heureuse, enfant; un bon cœur est le gage de toutes les félicités humaines.

— Il me semble que voilà une jolie fin pour tes *mémoires*, lui dit Valentine à l'oreille.

— Oui, une jolie fin, mais pour moi seule, répondit Sara, et qui, pour cette raison, bien qu'elle fasse mon bonheur, ne me satisfait pas complétement.

— Que voudrais-tu donc de plus? lui demanda sa mère.

— Ah! d'abord voir mon père, dit Sara avec émotion; puis, en restant toujours près de vous, ne jamais quitter ma chère bienfaitrice, ainsi que mes deux sœurs, Valentine et Aurélie.

— Ajoutes-en une troisième : la petite Mary, avec qui je jouais quand tu es entrée, lui répondit sa mère, et tous tes souhaits seront satisfaits, car lord Mott a fixé sa résidence à Paris. Si nous ne vivons pas sous le toit de ta seconde mère, du moins tu la verras tous les jours. »

C'est ainsi, Mesdemoiselles et chères lectrices, que finissent les *Mémoires d'une petite fille devenue grande.* Si nous apprenons que, de cet âge si respectable de dix ans à celui plus vénérable encore de quinze, il lui ait pris fantaisie de les continuer, nous nous empresserons de vous en faire part.

FIN

TABLE

7242. — TOURS, IMPR. MAME

www.ingramcontent.com/pod-product-compliance
Ingram Content Group UK Ltd.
Pitfield, Milton Keynes, MK11 3LW, UK
UKHW021231230726
13926UKWH00003B/1363